D1361582

Made in the USA
Monee, IL
05 November 2020

46445301R10026

پرواز در یک روز زمستانی

میمنت میرصادقی (ذوالقدر)

تصویرگر: رویا صادقی

Bahar Books
www.baharbooks.com

Mirsadeghi (Zolghadr), Meimanat
    Flying on a Winter Day (Beginning Readers Series) Level 2 (Persian/Farsi Edition) Meimanat Mirsadeghi (Zolghadr)

Illustrations by: Roya Sadeghi

ISBN-10: 1939099323

ISBN-13: 978-1-939099-32-7

Published by Bahar Books, White Plains, New York

کتابی که پیش روی شماست، یکی از کتاب های"مجموعه‌ی نوآموز" است.

این مجموعه، در برگیرنده‌ی شعرها و داستان هایی ساده برای کودکانی ست که فارسی را به عنوان زبان دوّم می آموزند. کتاب‌های "مجموعه‌ی نوآموز" از لحاظ میزان دشواری به دو رده تقسیم شده اند تا کار انتخاب را برای پدر و مادرها، و همچنین آموزگاران زبان فارسی آسان تر کنند.

کتاب های رده‌ی اول، مناسب کودکانی ست که خواندن و نوشتن زبان فارسی را به تازگی آغاز کرده اند. این گروه از کودکان در بیشتر موارد بدون کمک بزرگ ترها قادر به خواندن کتاب های این رده خواهند بود.

کتاب‌های رده‌ی دوّم در"مجموعه‌ی نوآموز" مناسب کودکانی ست که تمامی حروف الفبای فارسی را آموخته‌اند و از نظر آشنایی با زبان فارسی در مرحله‌ی پیشرفته تری قرار دارند. در نگارش کتاب های این رده سعی بر آن بوده است که واژه های فارسی به کار گرفته شده، تا حد امکان ساده باشند. واژه های ناآشنا در متن با رنگ قرمز مشخص شده اند و معادل انگلیسی آن ها در پایان کتاب، زیر عنوان "واژه نامه" و با ذکر شماره‌ی صفحه آمده اند تا کودکان درک بهتری از مفاهیم این واژه ها داشته باشند.

داستان «پرواز در یک روز زمستانی» متعلق به رده‌ی دوم مجموعه‌ی نوآموزست. این داستان براساس یک قصه‌ی قدیمی فارسی به نام « زور» نوشته شده. خوانندگان این کتاب با پرنده ای که قهرمان داستان است، همراه

می شوند و از طریق پرسش‌های او و جست و جوهایی که او برای یافتن پاسخ پرسش‌هایش می کند، درمی یابند که عناصر گوناگون موجود در طبیعت، با حرکت و فعالیت مداوم و منظم خود، چگونه بر یکدیگر تاثیر می گذارند. سرانجام خوانندگان همراه با پرنده کشف می کنند که همه‌ی موجودات در به حرکت درآوردن چرخه‌ی عظیم طبیعت سهیم هستند و وجود همه‌ی آن ها و «زور» و نیروی فعال آن ها به جا و ضروری است. پرنده نیز به این نتیجه می رسد که اگر برای رسیدن به پاسخ «چرا»های خود، حرکت و تلاش نمی کرد، به این کشف نمی رسید.

پرواز در یک روز زمستانی

روزی روزگاری،

در یک روزِ سردِ زمستانی،

صبحِ خیلی زود،

پرنده ای از لانه اش بیرون آمد.

این طَرَف و آن طَرَف را نگاه کرد که آب و دانه ای پیدا کند.

اما غِیر از سفیدی هیچ چیز ندید.

شبِ پیش برف آمده بود و روی همه چیز نشسته بود

و پرنده به هر طَرَف که نگاه می کرد،

برف می دید و برف.

۶

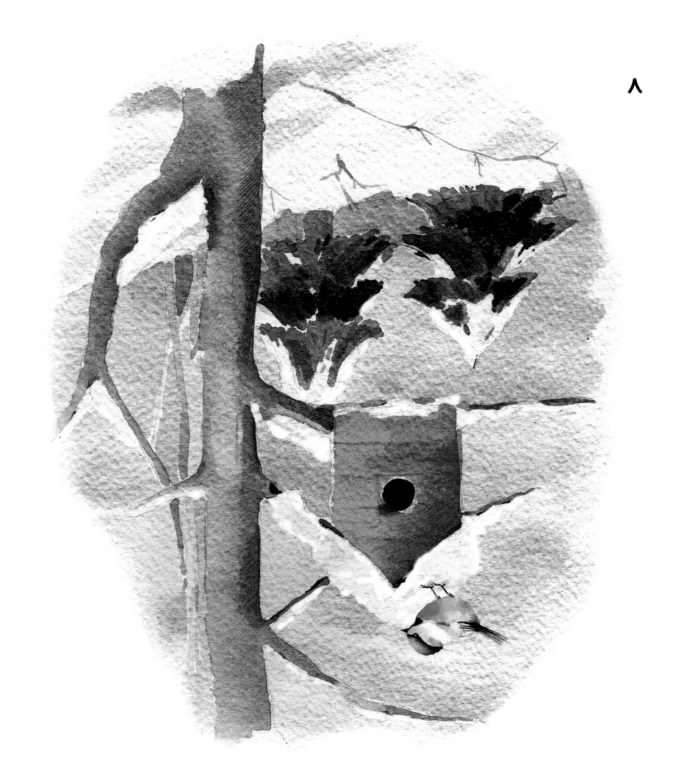

پرنده، هم گرسنه بود و هم تشنه.

وقتی دانه ای پیدا نکرد،

رفت سُراغِ چاله‌ی آبی که همیشه از آن آب می خورد

تا چند چِکّه آب بخورَد.

مثل همیشه نوکش را کرد تو چاله،

اما آبِ چاله یخ زده بود و سرد و سَخت بود.

چند تا نوک زد که یخ را بشکند اما یخ نشکست.

نوکش هم درد گرفت.

پَنجه ها و پاهایش هم یخ کرد.

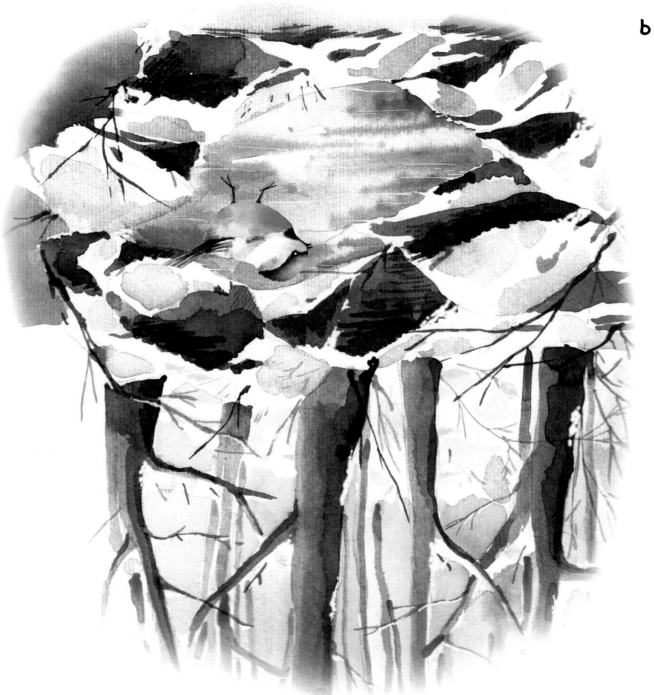

b

زود از کنارِ چاله پرید

و نشست روی شاخه‌ی یک درخت

و همین طور که می لَرزید،

از آن بالا گفت:

« ای یخ، تو چرا این همه زور داری؟»

یخ گفت:

« من که زوری ندارم.

من اگر زور داشتم، آفتاب مرا آب نمی‌کرد.»

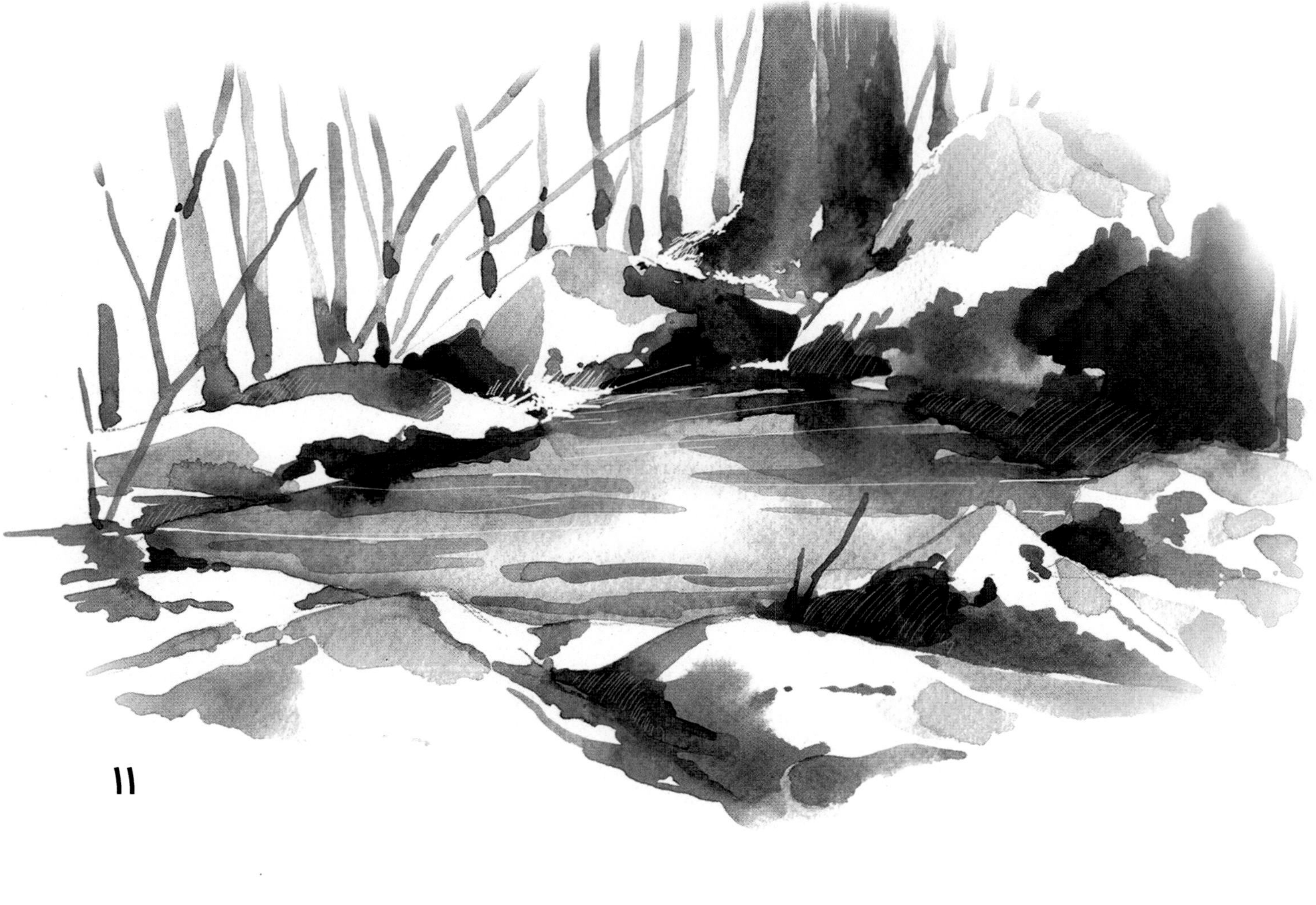

پرنده سرش را بالا کرد و دید
یک گوشه‌ی آسمان روشَن شده
و آفتاب دارد از پُشتِ کوه در می‌آید.

پَر زد به طَرَفِ آفتاب و داد زد:

« آهای آفتاب! تو چرا این همه زور داری؟»

آفتاب گفت:

« من که زوری ندارم.

من اگر زور داشتم، ابر جلوی من را نمی‌گرفت.»

پرنده پَر کشید
به طَرَفِ یک تِکّه ابر
که داشت تو آسمانِ آبی،
آرام آرام شِنا می کرد.
آن وقت بُلَندتر داد زد:
«آهای ابر! تو چرا این همه زور داری؟»
ابر همین طور که دور می شد، گفت:
« من که زوری ندارم.
من اگر زور داشتم، کوه راهِ مَرا نمی بست.»

پرنده پَر زد

به طَرَفِ کوهِ بلندی که آن طَرَفِ دشت،

مُحکَم و با قُدرَت ایستاده بود.

آن وقت فریاد زد:

« آهای کوه ! تو چرا این همه زور داری؟»

کوه گفت:

«من که زوری ندارم.

من اگر زور داشتم، تو باغِ پایینِ پایم عَلَف سبز نمی شد.»

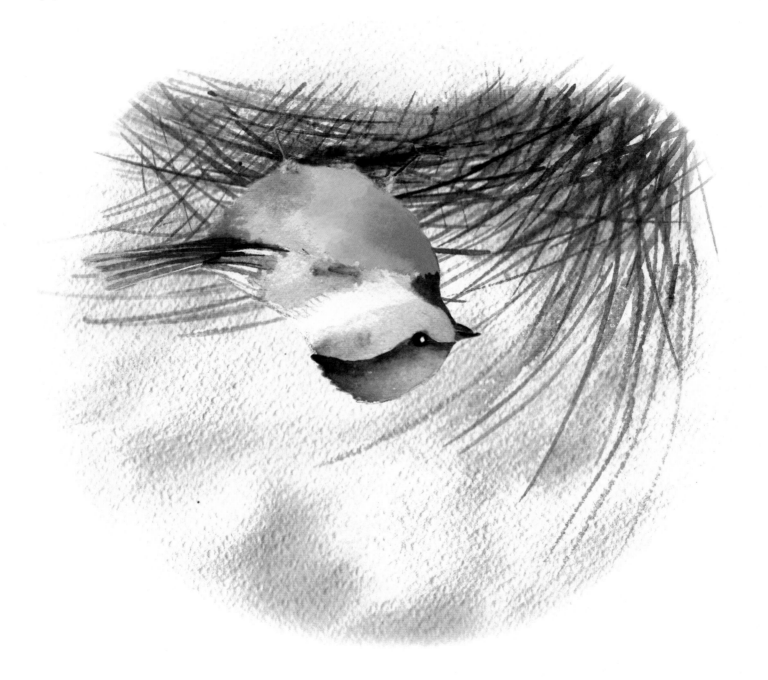

پرنده پَر کشید به طَرَفِ باغِ پایینِ کوه

و نشست کنار یک ساقه‌ی نازُکِ عَلَف

که سرش را از خاک در آورده بود

و داشت این طَرَف و آن طَرَف را نگاه می‌کرد.

از او پرسید:

« ای عَلَف! تو چرا این همه زور داری؟»

عَلَف گفت:

« من که زوری ندارم.

من اگر زور داشتم، باغبان مرا نمی‌کَند و خوراکِ بُزی نمی‌کرد.»

پرنده پَر زد به طَرَفِ باغبان

و نشست روی عَلَف هایی که باغبان از زمین کَنده بود

و داشت می بُرد برای بُزی.

آن وقت رو کرد به باغبان و گفت:

« ای باغبان! تو چرا این همه زور داری؟»

باغبان گفت:

« من که زوری ندارم.

من اگر زور داشتم، موش تو خانه ام لانه نمی کرد.»

۳۱

پرنده از آن جا پرید

و آن قدر گشت و گشت

تا پشتِ خانه‌ی باغبان لانه‌ی موش را پیدا کرد.

رو کرد به موش و گفت:

« ای موش! تو چرا این همه زور داری؟»

موش گفت:

« من که زوری ندارم.

من اگر زور داشتم، گربه مَرا دُنبال نمی کرد و نمی‌ترساند.»

پرنده به این طَرَف و آن طَرَف نگاهی کرد

و دید گربه کنارِ ایوانِ خانه‌ی باغبان دارد چُرت می‌زند.

پَر کشید به طَرَفِ ایوان

و آن قدر جیک جیک کرد که گربه بیدار شد.

آن وقت پرنده گفت:

«ای گربه ! تو چرا این همه زور داری؟»

امّا گربه خوابش می آمد

و حوصِله‌ی حَرف زدن نداشت،

غُرغُری کرد و دوباره چشم هایش را بست.

۲۵

پرنده روی شاخه‌ی درختی پرید

و از آن جا نگاهی به دوروبَرَش کرد،

دید بَه بَه آفتاب وَسَطِ آسمان می دِرَخشَد،

یخ ها آب شده،

ابر سرِ کوه نشسته،

عَلَف های باغ قَد کشیده اند.

باغبان دارد زمین را بیل می زَنَد

گربه دارد

غذایی را که

دخترِ باغبان آورده،

می خورَد

موش هم دارد

تَه مانده‌ی خوراکی‌هایی را

که تهِ باغ ریخته اند،

به لانه اش می بَرَد.

پرنده به شاخه ای که روی آن نشسته بود، نگاه کرد.

شاخه پُر از جوانه بود.

هوا هم سرد نبود.

پَنجه هایش هم گرمِ گرم بود.

با خودش گفت:

« چه خوب شد که از روی چاله‌ی آب پَر زدم

و این ور و آن ور رفتم و پُرس و جو کردم.

خیلی خسته شدم.

اما خیلی چیزها یاد گرفتم.»

حالا دیگر می دانم

اگر کوه راهِ ابر را نمی بست،

اگر ابر جلوی آفتاب را نمی گرفت،

اگر برف از ابر نمی بارید،

اگر آفتاب یخ ها را آب نمی کرد،

اگر عَلَف روی زمین سبز نمی شد،

اگر باغبان عَلَف ها را برای بُزی نمی کَند،

اگر موش تَه ماندهی غذاها را نمی خورد،

دنیا این همه قَشَنگ و تَمیز نمی شد.

پرنده با خودش گفت:

«چه خوب است که این ها، این همه زور دارند.»

آن وقت تازه یادش افتاد که گرسنه و تشنه است.

جیک جیکی کرد

و از روی درخت به طَرَفِ زمین پَر کشید.

حالا دیگر همه جا هم آب فَراوان بود، هم دانه.

جیک جیکِ پرنده ها همه جا را پُر کرده بود.

بیوگرافی نویسنده :

میمنت میرصادقی (ذوالقدر) فارغ التحصیل رشته‌ی زبان و ادبیات فارسی و همچنین دوره‌ی فوق لیسانس کتابداری از دانشگاه تهران است.
در امریکا از او تاکنون چند کتاب داستان و شعر برای کودکان و همچنین بازنویسی مجموعه ای از قصه های فارسی منتشر شده. در ایران نیز چهار مجموعه‌ی شعر و کتابی در زمینه‌ی معرفی رمان های معاصر فارسی و واژه نامه ای شامل لغات و اصطلاحات شعر را منتشر کرده است.

بیوگرافی تصویرگر :

رویا صادقی فارغ التحصیل رشته ریاضیات محض از دانشگاه الزهراست.
از ۱۵ سالگی، فراگیری هنر نقاشی را به شکل جدی نزد استاد آیدین آغداشلو آغاز کرد.
در اولین سال انتشار مجله بچه ها " گل آقا " به عنوان "دبیر تصویریه" با این نشریه همکاری کرده و پس از آن به مدت ۸ سال در مجلات "رشد" با عنوان کارشناس نقاشی، وظیفه‌ی آموزش نقاشی مکاتبه ای را به عهده داشته است. رویا صادقی به شکل مستمر فعالیت های گسترده‌ی خود را در زمینه‌ی تحقیق و تدریس "خلاقیت در هنر نقاشی برای کودکان" ادامه می دهد.
وی تاکنون چندین کتاب کودک را تصویرسازی کرده است.

واژه نامه

صفحه ی ۶

روزی، روزگاری = once upon a time

پرنده = bird

لانه = nest

دانه = seed

غِیر از = except for

صفحه ی ۸

رفت سُراغِ (سُراغِ چیزی رفتن) = to go to

چاله = puddle

چِکّه = drop

نوک = peck

پَنجه = claw(s)

صفحه ی ۱۲

گوشه = corner

صفحه ی ۱۴

تِکّه= piece

صفحه ی ۱۶

با قُدرَت = powerful

عَلَف = grass

صفحه ی ۱۹

نازُک = fine and delicate

باغبان = gardener

خوراک = food

بُزی (بز) = goat

صفحه ی ۲۰

لانه نمی کرد (لانه کردن) = to make a nest

صفحه ی ۲۲

دُنبال نمی کرد (دُنبال کردن) = to chase

صفحه ی ۲۴

ایوان = balcony

چُرت می زند (چُرت زدن) = to take a nap

جیک جیک = chirp, the sound birds make

حوصِله‌ی حَرف زدن نداشت (حوصِله‌ی کاری را نداشتن) = not to be in the mood for something

غُرغُری کرد (غرغر کردن) = to grumble

صفحه‌ی ۲۶

به به = Wow! Excellent! Wonderful!

وَسَطِ = in the middle of

قَد کشیده اند (قَد کشیدن) = to become taller

بیل می زند (بیل زدن) = to dig the soil with a shovel

صفحه‌ی ۲۷

تَه مانده = leftover

تَهِ = bottom of

صفحه‌ی ۲۹

جَوانه = sprout

پُرس و جو کردم (پُرس و جو کردن) = to ask around

صفحه‌ی۳۲

فَراوان = plentiful

برخی از کتاب های منتشر شده در مجموعه پیش دبستانی

Books Published in the Pre-school Series

Sea

آقا پایا و کاکایی

Sea Creatures

حیوانات دریایی (رنگ کن و بیاموز !)

The Kind Old Lady

خانم پیر مهربون

Co-operation

کار همه، مال همه

Seasons

السّون و بلسّون

Yummy in My Tummy!

خوردنی های خوشمزه

Nana Falls Asleep Again!

باز هم خاله پیرزن خواب موند!

Snow

سفید قبا (برف)

I'm Still a Kid

آخه من هنوز بچّه ام!

برخی از کتاب های منتشر شده در مجموعه نوآموز

Books Published in the Beginning Readers Series

Our Earth- Level 1

زمین ما

My New World- Level 2

دنیای تازه ی من

The Story of Bahar & Norooz-Level 2

قصه ی بهار و عید نوروز

Mana & the City of Stars – Level 2

مانا و شهر ستاره ها

We Love Ice Cream _ Level 1

ما بستنی دوست داریم

کتاب های منتشر شده در مجموعه دنیای دانش

Books Published in the World of Knowledge Series

Why We Should Eat Fruits

چرا باید میوه بخوریم